163

I0664441

PROSES

ÉCADENTES

Par LÉO TRÉZENIK

avec

UNE PRÉFACE RÉTROSPECTIVE

LUTÈCE

E. GIRAUD ET Cie, ÉDITEURS

13, RUE DROUOT

PROSES DÉCADENTES

8°Z
1M63 97/000 938

LÉO TRÉZENIK

—

PROSES DÉCADENTES

PARIS

IMPRIMERIE DE LUTÈCE

16, Boulevard Saint-Germain, 16

—

1886

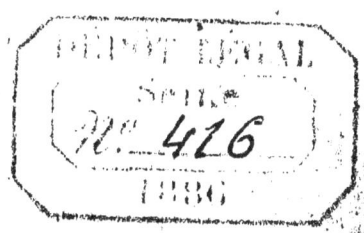

DÉPOT LÉGAL
Série
N° 416
1886

EN GUISE DE

PRÉFACE

—

J'écrivais ceci dans *Lutèce*, le 16 août 1885 :

« *Aujourd'hui que cela ne peut plus porter préjudice ni à Floupette, ni à son éditeur; aujourd'hui que les Déliquescences ont eu la rare fortune de faire le tour de la grande presse et d'arracher aux quotidiens, si avares pourtant de leurs lignes, une réclame que jamais une œuvre hardiment, sincèrement et* sapidement littéraire ne peut se vanter d'avoir eue; *aujourd'hui qu'après tous les autres, qu'après Mermeix qui n'y comprit rien, qu'après Claretie qui pressentit et Arène qui approuva, dans un article souriant, M. Paul Bourde, en le très grave* Temps, *a chroniqué, digne mouton de Panurge qu'il est, sur l'École décadente; aujourd'hui, enfin et en un mot, que la plaisanterie a assez duré, que la fumisterie commence à fleurer le rance, il n'est peut-être pas inutile de ramener, à ses justes proportions, cette floupellerie.*

Déjà, dans le XIXᵉ Siècle *de mardi (probablement son directeur a-t-il tenu à passer ainsi l'éponge snr l'énorme gaffe commise, dans les commencements, à propos de Floupette, par l'un de ses plus fins reporters, M. Mermeix!) Moréas complaisamment, a tenu à démontrer à M. Bourde, en son nom personnel, à quel point il avait été mal renseigné pour faire son article.*

*Mais ce n'est pas suffisant. La presse a
« coupé » tout entière et d'une façon trop
retentissante pour qu'il ne soit pas nécessaire
de lui faire cette tardive mais forcée confidence
qu'elle a été victime d'un « mauvais plaisant. »*

Car, *non seulement Floupette n'existe pas
(ça, c'est encore pour M. Mermeix)* mais
l'École décadente *est une invention de Flou-*
pette *et ses* Déliquescences *ne sont pas une
parodie, mais la blague d'un genre,* créé de
de toutes pièces *pour son usage personnel,
par le dit Floupette.*

Et d'abord, l'étiquette « décadent » *dont il a
plu aux chroniqueurs d'affubler,* à la suite de
Floupette, *la jeunesse littéraire, n'a aucun
sens.* M. Prud'homme seul *(mais il est juste de
dire qu'il collabore, sous combien de pseu-
donymes! à la plupart des grands journaux
parisiens)* M. Prud'homme seul a le droit de
formuler que l'Art *est en décadence, actuelle-
ment. Il n'y a pas plus décadence, aujour-*

d'hui, qu'il n'y eut décadence *alors qu'à l'Art*
classique s'essaya à succéder le romantisme;
alors qu'Hugo détrôna Ponsard; alors qu'on
acclama, en 1830, *les Burgraves au détriment*
de Lucrèce. *Il y a une simple transformation.*
Il y a tendance de la jeune littérature à faire
neuf, et pour cela à faire AUTRE. *Les étiquettes*
ne signifient si bien rien que les prétendus déca-
dents ont déja été affublés de l'épithète de néo-
romantiques pour cela que le «romantisme»,
au fond, au temps de sa gloire et de son audace,
ne voulait que dire changement. *Et c'est*
encore faire du romantisme, *aujourd'hui,*
mais du néo-romantisme *que de s'essayer à*
sortir, littérairement, de la routine et de l'or-
nière.

Voilà ce que (à part deux ou trois employés de
bureau pour qui l'Art est tout en M. Mallarmé),
a prétendu tenter la pléïade littéraire actuelle.
Voilà ce que M. Bourde n'a pas compris. Parce
qu'il a fait son article tout entier, sans lire plus

de vingt vers de chacun des jeunes poètes sur
lesquèls il pérore; parce que, en digne quotidien naïf et coupeur qu'il est, il a pris au sérieux
toute la préface de Marius Tapora qui s'était
amusé à grossir, par simple fumisterie, et pour
se gausser de leurs prétentions, la personnalité
de quelques rimaillards d'estaminet auxquels le
morphinisme, à celui-là, et des affectations
byzantines, à cet autre, avaient donné suffisamment de ridicule pour que Beauclair, en
excellent parodiste qu'il est, s'attardât à le leur
dire une bonne fois.

L'objet visé étant mince, Beauclair, pour
qu'on le vit, et qu'on ne pût s'étonner qu'il
s'amusât à l'arquebuser, a été contraint de l'exa-
gérer. Effet d'optique dont fut dupe la presse.
Comme, en soi, la plaquette était gaie, on en
rit. Certains même en rirent d'autant plus fort
qu'ils n'y avaient pas compris un traître mot —
et qu'ils voulaient faire croire, au voisin, qu'il
avaient compris. C'est ce qui explique l'invrai-

semblable succès qui a accuelli les Déliquescences.

Voilà qui est bien.

Seulement, quand un monsieur, comme M.
Bourde, vient baser là-dessus une grande étude
de quelque cinq cents lignes sur la décadence
de la jeune littérature actuelle, cela nous fait
bien rire. »

Je n'ai rien à ajouter, sinon que c'est pour
cela que j'ai intitulé ces fantaisies PROSES
DÉCADENTES.

LÉO TRÉZENIK

DE L'ADULTÈRE

Silencieuses longtemps, et çà et là éparses dans la chambre où elle dort, l'Adultère, enlacée à Lui, au creux du grand lit calme aux draps convulsés ; dans la chambre assoupie où s'est tu même le pouls rhytmique de la pendule, voilà que sous le nickellement électrique de la lune les Choses, ces inquiétantes qui « veulent garder leur secret », les Choses se sont prises soudain à babiller entre elles.

Les Bas ont commencé, les

fins Bas de soie noire, vides maintenant
et affaissés au pied du long Canapé
gouailleur.

Les Bas disaient :

— C'est à cause de nous s'il l'a aimée.
C'est nous qui moulant ses jumeaux rebondis et sa malléole amincie ont allumé
dans son regard l'éclair qui lui a incendié
l'âme.

Et tout au long, dans le silence de la nuit,
les Bas, les fins Bas de soie noire gazouil-
lèrent, sous le nickellement électrique de
la lune, l'inénarrable poème de la jambe.

Mais le Jupon reprit :

— Vos charmes eussent été vains sans
moi qui sur vous mettre en valeur en me
haussant suffisamment pour permettre
que l'on vous vit et servir de cadre à vos
attirances irrésistibles. C'est à ma blancheur hypnotisante, c'est à mes trou-
blantes sonneries de cloches...

— Qui sont mon œuvre, crépita l'Ami-
don emprisonné dans le tissu...

Maïs le canapé ricana :

— Que pourriez-vous sans moi? que pourrait, sans mon aide, l'affriolance de vos charmes, contestable d'autant moins pour moi que j'ai maintes fois été, mieux que personne, à même d'en constater la puissance. N'est-ce pas moi la suprême étape de la chasse amoureuse? N'est-ce pas entre mes bras toujours complaisamment ouverts aux amours illégitimes que se consomme la chûte irréparrable? Je suis le meuble des adultères. Le Lit ne vient qu'après moi, jamais avant. Que de femmes seraient encore la forcément fidèle épouse d'un mari détesté si elles n'avaient rencontré, dans la minute psychologique — si fugace et unique — où les cerveaux s'affolent et où les volontés s'émoussent, la muette élasticité de mes coussins pour assourdir le retentissement de leur chûte.

Soudain, harmonieuse et plaintive comme la vibration chevrottante d'une

chanterelle qui se brise, une voix mur-
mura :

— J'étais la pudeur des femmes, et
j'étais la sauvegarde des maris qui savaient leur honneur suffisamment cade-
nassé dans 'la prison de ma batiste.
Toutes les agaceries des bas chavireurs
de vertu et des jupons semeurs de désirs
venaient piteusement échouer devant le
« tu n'iras pas plus loin » de ma citadelle
inexpugnable. Le Canapé lui-même ne
pouvait rien contre moi. Il fallait la com-
plicité du Lit pour me vaincre. Le Lit?
c'est-à-dire la chûte préméditée et réso-
lue, c'est-à-dire cette décision qui n'habite
jamais l'esprit flottant des femmes *la
première fois.*

Mais un jour, une perverse suvint qui
d'un large coup de ciseaux troua mon
bouclier.

— Qui donc es-tu, toi qui te lamentes,
s'enquit le Canapé qui ne ricanait
plus?...

Et la voix répondit, plaintive et mélo-
dieuse comme la vibration chevrottante
d'une chanterelle qui se brise :

— Je suis l'âme du Pantalon fermé.

BÉGAIEMENTS

Dans la rue sombre, où le soleil a peine à se glisser, à travers les hautes cheminées empanachées de floconnements bleuâtres;

Dans la rue étroite rarement prise pour raccourci par les fiacres qui l'ignorent;

· Dans la rue tranquille dont même pas les sergots, deux par deux, ne viennent troubler le morne silence de leur promenade rhytmique;

Sur le trottoir rubanesque de la rue sombre, étroite et tranquille ;

Dans un obscur recoin du trottoir rubanesque, une gamine de huit ans est assise, à plat sur le bitume, les jambes écartées et les poings sur ses cuisses grêles.

D'un œil limpide, dont pas le moindre éclair de curiosité ne vient troubler l'azur, elle suit la main d'un garçonnet de dix ans qui, très rouge et le regard allumé, dessine à la craie, sur le trottoir, dans l'angle de ses jambes, que fait frissonner cette audace d'obscénité, un priape hirsute, cambré, énorme, monstrueusement vrai dans le balbutiement de cette ébauche.

Et pendant que le garçonnet sournois guette et espère, dans l'œil de la petite, l'éclair mouillé qui luit dans le sien, la gamine, sans un pli à sa lèvre, sans une goutte de sang de plus à sa joue, considère du regard *désintéressé* de celui qui

SAIT depuis longtemps, le priape hirsute, cambré, énorme que dessine le
gamin sournois, sur le trottoir rubanesque de la rue étroite, sombre et tranquille.

LA TROUBLEUSE D'HOMMES

lle ne partait qu'après s'être mise sous les armes. Et c'est bien d'elle qu'on pouvait dire qu'elle était armée jusqu'aux dents. Car elle y avait, en guise de poignard, un sourire affilé comme un kriss malais et qui luisait férocement dans sa gaîne de pourpre.

Elle l'était, armée, de pied en cap, de puis sa bottine moirée qui moulait de chevreau fin l'audacieuse cambrure de son peton invraisemblable, jusqu'à son coquet chapeau Henri II empanaché d'une cascadante plume d'autruche sous laquelle étincelait l'éclair bleu de son regard.

Et c'était avec une science savamment minutieuse et machiavéliquement étudiée qu'elle procédait, pendant des heures peut-être, à cette toilette de dessous que, pertinemment, elle savait irrésistible, quand, avec un grand air royal, elle faisait l'aumône d'un coin entr'aperçu aux yeux mendieurs qui la guettaient sur son passage.

Elle était passée *maître* en l'art exquis de profiter des bas noirs sur le fond blanc des jupons au bord desquels courait une fine dentelle.

Elle savait la place juste où doit se fermer le poignet du pantalon ; ni trop bas pour laisser voir toute la jambe, ni trop haut pour ne pas la rendre disgracieuse.

Elle étudiait longtemps, dans sa glace,

l'effet qu'elle allait produire tout à l'heure
et répétait à l'avance sa leçon, afin de
savoir, une fois sortie, où prendre sa jupe,
d'une main indifférente, pour *laisser voir*,
sans y prendre garde, ni trop ni trop peu,
ce qu'elle avait à *montrer*.

Une fois la leçon bien sue elle partait,
pratiquant d'instinct ce précepte du Dan-
dysme : « un dandy peut mettre s'il veut
dix heures à sa toilette, mais une fois faite
il l'oublie ». Et certes, si elle mettait, la
perverse, dix heures à apprendre son rôle,
elle oubliait si bien que ce n'était qu'un
rôle, qu'elle devenait à force d'art, *naturellement* ingénue.

Le long des trottoirs où la pluie d'au-
tomne faisait hâter le pas aux promeneurs affairés, ou bien, les jours de gai
soleil, par les poudreuses avenues, où sa
robe claire s'épanouissait sous le vert des
arbres, riante et fraîche comme une fleur,
elle trottinait, gaillardement troussée,
sous prétexte de boue ou de poussière.

laissant voir son éternel bas noir, sculp-
turalement affriolant, découpé sur le paquet de jupons blancs qui jetait, derrière
elle, un sillage d'iris et de foin coupé.

Et, marchaient à sa suite, alléchés,
magnétisés par sa jambe, des lycéens
imberbes qui s'en régalaient, et des vieux
ravigotés par ce spectacle gratis qui re-
trouvaient leur vigueur de vingt ans
pour courir, des kilomètres, sous le
charme.

Et, galopait à sa suite toute une meute
d'affamés qui s'étonnaient d'abord d'être
tant à suivre le même chemin, puis, qui
s'inquiétaient de se trouver toujours à la
même distance les uns des autres, s'exa-
minaient curieusement à la dérobée, honteux, à la fin, de se surprendre, récipro-
quement, dans l'œil, le même regard
fixe, la même pensée obsédante, le même
but poursuivi.

Comme elle sortait toujours à la même
heure, suivant invariablement le même

itinéraire, il se trouvait que c'étaient
presque toujours les mêmes hypnotisés,
jeunes et vieux, qui trottaient derrière
elle ; à la longue ils finissaient par se con-
naître, et comme ils savaient *Pourquoi
ils étaient* LA, c'était le rouge au front
qu'ils se hâtaient, sans oser même rompre ce silence d'un mot, du *même*, celui
que tous avaient sur les lèvres, et que
pas un n'osait dire.

Parfois, pour leur jeter à tous le même
trouble imprévu dans le cœur, elle inter-
rompait brusquement sa course, se tour-
nait à demi vers eux, s'arrêtait, se courbait en avant, et lentement, jouissant de
leur jouissance, elle rattachait, sous
leurs yeux qui se mouillaient, sa fine
jarretière rose — *qui n'était pas tombée.*

Ils en restaient, du choc, cloués sur
place et haletants, puis, elle repartie, le
charme rompu, ils reprenaient leur flânerie intéressée.

Certains jours, pour dépister sa meute

d'adorateurs, elle s'amusait à grimper
sur le haut d'un tramway, révolution-
nant, pendant qu'elle montait, les gens
de la plate-forme et le conducteur lui-
même si blasé qu'il fut par ce spectacle
quotidien.

Et aux stations, autant que partout,
sur le passage du tramway, des hommes
s'arrêtaient, le nez en l'air, agglutinés
par ce flot de jupons blancs servant de
fond de tableau à ces bas noirs char-
meurs dont le souvenir opiniatrément
les hantait, quand la voiture était partie.

Et tous les soirs elle s'endormait, béate,
un fin sourire narquois au coin de la
lèvre, semblant dire comme Titus, de
romaine mémoire : « Je n'ai pas perdu
ma journée. »

DANS L'OMNIBUS

Misérable et navrante, sur l'une des banquettes au bleu passé maculé de larges flaques grasses empoussiérées, une femme tranche sur les autres par sa laideur vulgaire, son teint éclaboussé de rousseurs, ses traits pitoyablement communs.

En face, un jeune homme, invraisemblablement beau, imperturbablement dédaigneux, dont le regard dit assez le mépris dans lequel il tient la banalité ambiante.

Et comme ELLE tend ses six sous d'une main rouge, osseuse, bossuée et fripée comme un vieux gant, ce fut l'aristocratique dextre du *Très beau* qui s'offrit la PREMIÈRE à passer au conducteur la monnaie de la *Très laide*.

Serait-ce que l'extrême *Beauté* et l'extrême *Laideur* ont un point de contact, impalpable et invisible, et insoupçonné par les Médiocres, où flue et s'échange, électriquement, la SYMPATHIE?

L'ÉPOUVANTEUR D'ENFANTS

a bizarre obstination qu'il mettait à ne suivre que les femmes dont les bras s'embarrassaient d'un enfant encore enlangé, — nounous à démesurés rubans cramoisis dégringolant jusqu'aux talons ou jeunes mères pavannant le tout récent bonheur d'exhiber elles-mêmes le « fruit » de leurs fornications légales — m'avait intéressé à tel point que je me mis à suivre l'enigmatique suiveur.

Point ne l'affriolait un bas clair entrevu sous la jupe froufroutante ; non plus qu'une taille mince faisant ressortir l'opulence bombée du buste ; pas même les ondulations tapageuses d'une croupe exagérée secouant à sa suite un sillage d'iris et d'ambre.

Sa flânerie ne s'accrochait qu'aux talons des nourrices; et cela semblait être le tablier blanc des bonnes d'enfants qui hypnotisait sa rétine.

Et il me sembla que les bébés dont, par dessus l'épaule des femmes qui les véhiculaient, vaguaient les regards pâles intéressés par le grouillement de la rue et le chatoiement bigarré des étalages, il me sembla que les bébés fixaient, tous, tout à coup, un regard troublé, puis craintif, puis épeuré sur les yeux de ce promeneur qui suivait les femmes sans leur dire un mot, sous l'incitation d'on ne sait quel mobile. Et soudain, malgré que la bonne, d'un : « Est-il désagréable cet

enfant là! » gourmandât ce changement
d'humeur inexplicable, les bébés, dont
cet ombre : la Peur, fonçait l'iris et jetait
la nuit, par la pupille agrandie, au fond
des regards, éclataient en sanglots stri-
dents, convulsifs, épouvantés, et se
rejetaient brusquement en arrière pour
ne plus voir.

Et quand l'enfant, calmé, hasardait à
nouveau son œil humide encore sur le
promeneur qui, muet et correct, suivait
toujours : la même Peur inexplicable et
subite convulsait son visage ; le spasme
des mêmes sanglots le prenait au ventre...

Et chez tous les enfants qu'il suivit ce
jour là, je remarquai ce regard, vague
d'abord, retenu ensuite, puis cette vision
d'épouvante, puis ces soubresauts, ces
sanglots, cette Terreur!...

Et toujours, comme la femme intriguée
se retournait, inquiète et interrogative,
elle rencontrait le visage froid, digne, impassible du flâneur mystérieux.

Tout à coup, comme un nouveau bébé
s'effarait à le regarder, une glace oblique
vint inopinément me donner la solution
du problème.

Profitant d'une seconde où personne
ne pouvait le voir, l'homme s'était brusquement contorsionné le faciès dans une
grimace d'une hideur terrifiante — afin
d'épouvanter l'enfant qui, *seul*, le voyait.

LA MARGUERITE

u long de la chaussée
où la pluie a cessé, au
long de la chaussée
fleurie de mollets blancs,
ces marguerites de l'as-
phalte qu'a fait pousser
tout à coup le soleil qui se mire
dans les flaques et paillette d'or
le dos lustré des pavés, ELLE se
hâte, la pimpante, troussant gaillardement de la main gauche son
paquet de jupons blancs et montrant, avec une telle impudeur
qu'elle ne doit pas s'en douter, et
sa fine cheville où le bas n'est

déshonoré d'aucune ride, et son mollet rebondi, cambré, concupiscible, et, là-bas, — là-haut —, bien loin, par delà la jarretière dont la boucle accroche un éclis de soleil, un coin nacré de sa cuisse incomparable qui s'est, ce jour-là, affranchie de la pudeur du pantalon.

Derrière, à quelques pas, s'acharne un adolescent blême qui dévore des yeux goulûment, — en affamé qui depuis de longs jours ne fut convié à si pantagruélique banquet, — et cette fine cheville, et ce mollet concupiscible, et ce coin nacré de cuisse incomparable.

Puis, enfin repu, il l'aborde et murmure, égoïstement, *pour que d'autres ne puissent, après lui, en régaler leur prunelles :*

— Madame, on voit vos jambes...

Impérialement sereine et superbe, sans même daigner tourner la tête, ELLE laisse tomber, du haut de son impassible indifférence, ces trois monosyllabes :

— Je le sais.

LE CHIEN

raternellement, sur le trottoir exigu de la rue muette, à de rares intervalles animée par le pas rapide d'un passant, devant la petite boutique vert bouteille de la fruiterie, où les ventrus melons cholérifères gonflent en vain, pour « raccrocher » un amateur, leurs tranches dorées et fleurant bon, un gros terre-neuve cabriole, de concert avec un enfantelet de quatre ou cinq ans, dont il est le meilleur et l'unique camarade.

Soudain, comme dans la lutte

l'enfant avait roulé dans le ruisseau, et
qu'à ses glapissement de joie répondaient
les abois retentissants du terre-neuve
INQUIET de cette chûte, le père, persuadé
que le chien avait bousculé le gamin,
sortit brusquement de la petite boutique.

Et comme le chien s'essayait à ramener
l'enfant sur le trottoir, cependant que
celui-ci, toujours secoué par les tressauts
du rire, avait accolé de ses deux bras la
grosse tête velue d'où pendait, à travers
la double rangée des dents formidables,
l'énorme langue caressante, le père, brutalement, fit rentrer le chien d'un coup de
pied et l'enchaîna.

Et l'enfant voyant que, barbare et in-
juste parce qu'il n'avait rien vu et pro-
nonçait quand même une sanction, le
père enchaînait son ami à l'entrée de la
petite boutique vert bouteille où les ventrus melons cholérifères gonflaient en
vain leurs tranches dorées et fleurant bon,
l'enfant se prit à sangloter.

Et sans qu'il lui vint à la pensée de
protester contre cette injustice *humaine*
d'être puni pour une faute qu'il n'avait
pas commise, le chien, voyant que se dé-
solait son camarade de le voir à l'attache,
le chien *feignit* un air heureux pour con-
soler l'enfant.

ÉGOISMES

a tête s'encadre dans les dentelles jaunes de l'oreiller blanc où s'enmêlent en désordre ses cheveux défrisés depuis de longs jours ; dans les dentelles moins jaunes que son teint, son ancien « teint de lys » où semble, aujourd'hui, avoir coulé, sous la peau, toute la cire des cierges qui vont demain brûler de chaque côté de son cadavre.

A travers la buée des cheveux défrisés depuis de longs jours, ses yeux, qu'auréole le bistre de la phtisie, dardent un regard noir sur son amant désintéressé de cette mort qui traîne, et dont l'égoïste amour s'est usé peu à peu aux angles de cette maigreur.

L'étrange fixité de son regard noir qui flambe dans sa prunelle dilatée trouble jusqu'à la gêne l'amant qui rôde par la chambre, vaguement affublé d'un masque de sympathie.

Avec cette claire-vue des gens qui vont mourir, elle sent que cet homme n'a jamais aimé que la chair en elle; en elle qui lui avait tout donné : cœur, âme et corps. Et devant cette découverte de la dernière heure, ce cri s'échappe de sa gorge :

— L'autre, celle dont vous allez me remplacer quand je ne serai plus... la connaissez-vous...?

Et lui proteste sans conviction :

— Peux-tu croire! ma chérie... tu seras mon seul amour.

— Tu mens, rugit-elle, entre sés dents

que font claquer déjà les affres de l'agonie.

Et, après un silence qu'il n'ose inter-
rompre, elle dit, d'une voix qui s'exalte,
fouettée par le délire qui commence :

— Mais je reviendrai de *là-bas*, je reviendrai, durant les nuits sans lune, han-
ter votre alcôve et souffler l'épouvante
au milieu de vos caresses... Mon Ombre
opiniâtre s'acharnera à énerver les quiètes
lassitudes et les doux anéantissements de
vos lendemains d'amour...

— Je t'en supplie, mon adorée, hasarde-
t-il, ne t'excite pas ainsi...

— Je ne veux pas, éclate-t-elle, je ne
veux pas, non, je ne veux pas... que tu
aimes une femme après moi.

Et comme, penché sur elle, il la baisait
au front pour endormir son exaltation,
un éclair rouge raya le ciel vert de sa
prunelle ; et, dans un suprême effort, de
ses bras noués attirant à elle la tête de
son amant, elle le mordit au cou à pleine
bouche, et d'un coup de dent dont la

fièvre centuplait la force, lui trancha la carotide.

Et pendant que râlait cet amant banal à qui elle avait tout donné et qu'elle adorait jusque dans la mort ; pendant qu'un flot de sang jaillissait de l'artère, empourprant l'oreiller blanc où s'enmêlaient en désordre ses cheveux défrisés depuis de longs jours, béate elle expira.

LES HUMBLES

ans l'intime atelier grand comme une boîte à bonbons, modestement caché entre deux jardins gigantesques de la très versaillaise rue Monsieur, le grand poële ronronne et le soleil de novembre, anémique et glacé, s'insinue entre lesvastes rideaux.

Le Maître n'est pas là, et les toiles en abusent pour bavarder entre elles.

Sur les chevalets massifs, les

grands portraits orgueilleux se cambrent
dans leurs cadres très dorés. Ils se vantent
tout haut de leur coloris vigoureux et
des jeux de lumière rembranesque dont
le peintre s'est complu à être prodigue.
Ils savent qu'ils vont aller aux Exposi-
tions prochaines et que devant eux les
bourgeois s'estomireront. D'aucuns re-
viennent de Hollande, ou de Munich, ou
de plus loin encore, et racontent à leurs
voisins les ovations dont les ont salués
là-bas les foules enthousiastes. Ils s'énor-
gueillissent du suffrage des jurys qui leur
a défendu de mourir de par cela qu'ils
sont fils de la fée Inspiration. Gâtés par
le succès, cette rouille des grands, ils
font à peine l'aumône d'un regard api-
toyé aux HUMBLES, comme Valadon les
appelle, à ces exquisement vivantes na-
tures mortes, dissimulées et comme en
pénitence dans les coins discrets, pen-
dues sous les draperies dédaigneuses, dans
l'ombre des chevalets massifs où se cam-

brent les grands portraits orgueilleux dans leurs cadres très dorés.

Sur de minuscules toiles que ne désigne au regard aucun cadre très doré, des chats frileux font le gros dos, les yeux clignés et les pattes repliées, blottis sous de ravissamment gris et très vrais petits poëles qui flambent clair, à côté de torchons navrants qui pendillent sur l'appui d'une fenêtre mélancolique. Oh! cette poésie pénétrante des petites fenêtres mélancoliques dont les poussiéreux *carreaux* tamisent un jour rembranesque! Oh! cette gaîté qui rend songeur des minuscules poëles gris qui flambent clair et dont le crépitant ronron accompagne le ronron satisfait des chats frileux qui font le gros dos, les yeux clignés et les pattes repliées, blottis sous les très vrais petits poëles ravissamment gris!

Et pendant l'absence du Maître, j'ai laissé se glorifier entre elles les vanités des grands portraits qui sont Sa gloire et

je me suis surpris à écouter le babil des
Humbles qui sont Ses joies, et qui sont
un coin de Son âme.

AU DÉDUIT

Si tu n'étais fausse, eh! serais-tu
vraie?   (TRISTAN CORBIÈRE).

t comme je lui deman-
dais le secret de la
hautaine et impertur-
bable indifférence dont
il était bardé vis à vis
des femmes, indiffé-
rence dont elles es-
sayaient d'émousser l'imperti-
nence en l'expliquant par un
vice qu'il n'avait pas, mais dont
— tant il tenait en mépris sou-
verain cette grande catin d'Opinion publique — il se gaudissait
presque qu'on l'accusât, Kerbihan me répondit :

« — Ce secret est simple,

« mon cher ami, et je consens à m'en
« déposséder en votre faveur.

« Toute la femme, sa *beauté* comme sa
« *finesse,* ses *charmes* comme son *flair* et
« son *sphinxisme;* en deux mots sa per-
« sonne psychique entière comme toute
« sa personne physique, n'est qu'une
« *convention.* La puissance que conserve
« la femelle sur la presque totalité des
« mâles est la conséquence logique, le
« résultat inévitable de l'*illusion* qu'elle
« leur fait. La femme (je veux dire la
« femme de leur imagination, la femme
« qu'ils voudraient, la femme mirage, la
« femme illusion : virtualité dont ils sont
« dupes) est toute *en accessoires.* Elle ne
« serait pas *si elle n'était* QU'ELLE. Tout
« ce qu'elle semble être est une création
« de nos désirs, un effet d'optique auquel
« le regard s'accoutume et qu'il finit à
« la longue par croire une réalité. On l'a
« d'abord *vue* telle qu'on l'eût souhaitée ;
« puis, grâce à la merveilleuse pressen-

« sation qu'elle a de nos besoins, elle
« s'est *composée* telle qu'on la voulait,
« c'est à dire toute — rondeurs et par-
« fums par ci, sentiments et sensations
« par là — postiche et en toc. Son esprit
« est un écho du nôtre, son vocabulaire
« le produit de cette éducation de « per-
« ruche bien apprise » que l'homme lui a
« donnée.

« Or, s'il est vrai que toute la femme
« psychique est la création de l'homme,
« il est non moins indubitable qu'elle
« doit ses charmes physiques à la mu-
« nificence — intéressée — de l'homme.
« En d'autres termes, la femme n'est pas
« belle *en soi,* elle n'est belle que parce
« que l'homme le croit.

« On l'a appelée un mal nécessaire : ce
« n'est qu'à moitié vrai. C'est un mal,
« mais qui n'est nécessaire que pour les
« débiles. Les sains et les forts s'affran-
« chissent volontiers de ce besoin dont
« la femme est le moyen de satisfac-

« tion, dont elle seule tire profit, et
« dont l'assouvissement, sous quelque
« nom sonore qu'on le déguise, est une
« saleté.

« Ceci étant posé, mon moyen, pour
« y arriver enfin, de narguer l'attraction
« de la femme, si tant est que je sois sur
« le point de la subir, le voici :

« Quand je suis en présence d'une
« femme, qu'elle caquette, ceinte d'une
« cour d'attentifs, dans l'allanguisse-
« ment moite d'un salon miroitant de
« lumières, ou qu'elle frétille de la croupe,
« au raz des étalages lutéciens, la jupe
« troussée jusqu'au jarret, je la *désarme*
« en une seconde, je dissous le mirage,
« je souffle sur l'illusion irrisée...

— Et de quelle façon, interrompis-je,
pour la ramener à son fameux moyen.

« Je la *déshabille* instantanément par
« la pensée ; je fais abstraction de cette
« robe dont la soie magnétise et dont les
« bouffements audacieux et hâbleurs ne

« recouvrent que le vide ; j'enlève ce cor-
« set qui endigue et soutient, qui re-
« pousse et déplace, replace et harmo-
« nise ; mon œil impitoyable vrille à
« travers ces dessous dont la blancheur
« rafraîchit et dont les malines embau-
« ment ;

« Et je n'ai PLUS devant moi que le
« ridicule spectacle d'une nudité gro-
« tesque, flasque et débordante, striée de
« couperoses et couturée de vergetures,
« humide et fleurant âcre, qui se dandine
« sur de trop courtes jambes et fait des
« grâces

Avec l'assentiment des seins qui se balancent.

« Et comme il est inutile de manifester
« une hilarité qui resterait inexplicable
« pour celle qui la provoque, je me tais
« et ne me permets qu'un sourire facile-
« ment pris pour une marque d'appro-
« bation et un acquiescement poli aux

« vulvarités musquées et aux minau-
« dières inepties de la charmante per-
« ruche qui ne peut s'imaginer à quel
« point son ramage est amusant quand
« on l'entend sans son plumage.

    « Et voilà tout mon secret. »

LE CHIEN BIBELOT

Tête basse, avec, dans le regard en dessous dont il semble supplier le passant, une indéfinissable expression d'amertume, il trottine dans les talons de sa maîtresse, le maupiteux barbet tondu « en lion ».

Sa queue dénudée, que termine un ridicule pompon noir, se recoqueville entre ses pattes, rasées, elles aussi, à l'exception d'un bourrelet de poils frisés qui souligne

à trois centimètres des griffes, la dia-
phanéité de ses membres grêles, tout
frissonnants, — plus de honte que de
froid.

Sa tête frôle le trottoir, comme écrasée
sous le poids du ridicule ruban bleu
qu'on lui a noué, en rosette, sur le crâne,
et sa crinière caricaturalement pseudo-
léonine qui tranche avec le nu marbré de
sa peau noire fait tout ce qu'elle peut
pour dissimuler le petit collier bleu où
tintinnabule douloureusement à ses oreilles une minuscule clochette en cuivre
bien luisant.

Il sent qu'il a l'air absurdement joli
d'un caniche d'astrakan descendu de son
étagère, et il se fait tout petit, le long des
boutiques, le pauvre chien honteux qui
s'en va la tête basse, avec, dans le regard
en dessous dont il semble supplier le
passant, une indéfinissable expression
d'amertume.

Tout à coup, au détour d'une voie

populeuse, un boule-dogue qui passait au galop, invraisemblablement crotté, la queue raide et la tête fière sabrée d'une ride énorme qui accentuait encore l'insolence de son regard, un boule-dogue s'arrêta une seconde devant lui.

Et, comme le maupiteux faux-lion s'essayait à dissimuler sa honte dans le coin sombre d'un auvent, le boule-dogue le toisa méprisamment, et, *feignant* de le prendre pour un absurdement joli caniche en astrakan descendu de son étagère, il détourna lentement la tête où se fronça plus encore l'énorme ride qui sabrait son front, puis, levant dédaigneusement la cuisse, il le compissa.

LE COCHER D'OMNIBUS

a jolie trogne de cocher que c'était. Rutilante, cramoisie, invraisemblablement glabre, sa face était un éblouissant bloc d'onyx strié de tons roses et veiné d'arabesques azurées qui enchevêtraient leur lacis tout autour du nez, amethyste énorme crevée de framboises vermilonnées qui poussaient là comme dans du terreau. Sa large bouche, aux lèvres minces comme un trait de scie, était creusée, dans le

coin gauche, d'une minuscule échan-
crure où se culottait, à poste fixe, une
petite pipe au tuyau court, toute
noire jusqu'à la moitié du fourneau,
qu'il fumait savamment, à petites
bouffées, en dégustateur émérite sa-
chant l'art profond de faire durer cet
éphémère : le Plaisir. De chaque côté du
nez flambaient deux yeux clairs, couleur
cendre-d'outremer, dont le regard chargé
d'une malice profonde, avait des fulgu-
rences qui étonnaient.

Je relevai dans cette physionomie là
certaines originalités de détail qui me
frappèrent. La singulière phosphores-
cence qui luisait dans ses prunelles avait
un éclat trop particulier, et le mi-sourire
qui plissait le coin de sa lèvre était trop
extra-commun, pour que le cerveau qui
en était le point de départ fût d'une subs-
tance vulgaire.

Malgré moi, resaisi par cette han-
tise coutumière : la manie de l'obser-

vation, je me pris à l'examiner attenti-
vement.

— Ne croyez pas, me dit-il tout à coup
sans transition, comme s'il eut pénétré
ma pensée et voulu me donner la solution du problème qui m'obsédait, ne
croyez pas que notre métier ne soit fait
que d'abrutissement. Certains, fort rares
il faut l'avouer, savent, sans descendre
de leur siège, se forger des distractions
très distinguées... Ainsi moi, tel que
vous me voyez, affirma-t-il en accen-
tuant un peu le pli qui coupait le coin de
sa lèvre, je suis un raffiné, et il en est
peu pour goûter et *faire goûter* des émo-
tions pareilles aux miennes.

— Donnez-moi donc la clef de ce rébus,
lui dis-je, comme nous débouchions, au
petit trot nonchalant de ses trois che-
vaux, au sommet de la rue Notre-Dame-
de-Lorette.

— Vous la trouverez bien tout seul.

Et il enveloppa ses percherons d'un

large coup de fouet dont l'aigüe morsure
inattendue réveilla leur torpeur et les
lança, les reins cambrés, la crinière au
vent et la tête haute, le long de la pente
raide qui conduit à la place Saint-Georges.
L'énorme voiture enlevée, comme un
simple cab, par son vigoureux attelage,
bondissait sur les pavés avec un assour-
dissant bruit de glaces cascadant dans
leurs chassis, et de roues affolées déchi-
rant, de leur blindage en fer, le bord, râ-
clé brutalement, du trottoir.

Apeurées, les quelques femmes de
l'impériale se taisaient, les yeux fermés,
et le dos frisssonnant éperdument appuyé au dossier de la banquette. Les
boutiquiers hâves, à la hâte sortis de
leurs magasins, considéraient avec une
pointe d'intérêt le gros omnibus qui
dégringolait vertigineusement la rue
rapide.

— Il faut que le cocher soit saoul, sem-
blaient dire leurs gros yeux ronds agran-

dis par la stupéfaction, pour descendre, avec cette vitesse, cette rue dangereuse.

Quelques prudents pères de famille essayèrent de faire comprendre à *mon ami* l'imprudence de ce trot effréné. Il ne répondit même pas. Chose étrange, l'air brusquement fouetté qui vous coupait la respiration ne produisait aucunement sur lui sa griserie habituelle. Il restait froid, et souriait imperceptiblement. Ce n'était donc pas cette exquise sensation de vide dans le poumon, produite par les courses rapides, qu'il cherchait.

Mais quoi?

Soudain, au tournant de la place Saint-Georges, la voiture tressauta. Sa vitesse était telle que les deux roues du côté gauche quittèrent un instant le sol. Tout le monde, sans excepter personne, eut instantanément cette sensation que l'omnibus versé allait être projeté dans une boutique voisine. Un immense cri de terreur jaillit partout. Mais déjà la

voiture, avait retrouvé son centre de gra-
vité.

— C'est ici mon triomphe, fit tout bas
le cocher. J'ai calculé juste ma vitesse
pour produire le résultat que vous venez
de constater, mais, entre nous, je crois
que je n'ai jamais aussi bien réussi
qu'aujourd'hui : je me sentais compris.

Nous étions arrivés rue de Châteaudun.

— Et bien, me dit-il, vous voyez qu'il y
a encore de bons moments dans notre
métier.

FAIT DIVERS

Avec, au bout du bras allongé, la corde tendue que tire doucement la petite chienne, la vieille trottine à pas pressés, en tâtonnant du bâton le bord du trottoir.

La vieille est aveugle et la chienne est sourde.

Mais depuis trois ans qu'elles ont uni leurs deux misères, elles se sont à ce point identifiées l'une à l'autre que cela ne fait plus qu'un seul être dont la vieille est l'ouïe et la chienne les yeux : la vieille

voit PAR le regard du chien, et le chien
entend PAR l'oreille de la vieille. Dans la
corde qui les lie l'une à l'autre passent je
ne sais quels frissons électriques, qui
mettent les deux âmes en communica-
tion, et unifient les sensations. Si bien
qu'elles trottinent à travers les rues em-
mêlées de la ville avec la même sécurité
que si la vieille voyait et que si la chienne
entendait.

Un jour au tournant d'une rue, la
petite chienne un instant descendit du
trottoir et s'accroupit dans le ruisseau.
L'aveugle comprit et s'arrêta. Et tout à
coup, par derrière, une lourde voiture
arriva que ne voyait pas la petite chienne.
Et comme la chienne était sourde, et que
par la corde *détendue* ne passaient plus
les frissons électriques qui venaient de
l'ouïe de la vieille, la chienne *n'entendit*
pas la voiture qui lui broya les reins.

Le regard de la vieille était éteint.
La vieille était *redevenue* aveugle.

CHARITÉ

Fleurie d'une robe gaie où
voletaient sur un fond
d'azur de mystérieux et
chimériques oiseaux roses,
Elle éclairait d'une tache
éclatante la monotone
rangée de bimanes qui trinquaient
des épaules, à chaque tressaut de
la lourde voiture, tout le long
de la banquette treillagée de
l'impériale. Ses petons lilliputiens,
légèrement posés l'un sur l'autre,
découvraient le coin brodé d'arabesques d'or d'un bas céruléen,
quand le vent de la marche fai-

sait doucement onduler le volant de sa
robe claire où de mystérieux et chimériques oiseaux roses voletaient sur un
fond d'azur.

A la station, timide et comme honteux
de sa jaquette râpée mais sans tache où
transparaissait la corde luisante, un misérable balbutiait, tout proche de la voiture, l'offre de crayons rouges destinée
à dissimuler la main maigre et diaphane
tendue à la charité des passants.

Et comme son œil où flambait un
désespéré regard de désir, se reposait
une seconde sur le volant apaisé de la
lumineuse robe gaie qui éclairait d'une
tache éclatante la monotonie de l'impériale, ELLE eut l'intuition d'une aumône
tellement royale qu'elle seule la pouvait
faire, et pour dorer — un instant —
cette misère du reflet d'opulence de sa
beauté, elle souleva brusquement le volant de sa robe claire, sous le prétexte de
croiser les jambes, octroyant à l'œil de

cet indigent de toutes les joies, de ce hâve
de toutes les faims, la licence imprévue
de caresser son regard, éperdu d'une
tant mirifique aubaine, à la ligne sculp-
turale de son bas céruléen brodé d'arabesques d'or.

Et le misérable en eut l'âme toute enso-
leillée, plus, certes, que si quelque ma-
rianne d'or était inespérément tombée
dans son chapeau.

Et presque bas, d'une voix que la reconnaissance faisait trembler, il mur-
mura :

— Dieu vous le rendra, ma bonne
dame !

TENDRESSE

Un gros percheron, le long de la montée raide, s'essouffle et ahane, dans les brancards, cramponné au lourd chariot; il ride sous l'effort sa robuste encolure où cascade et s'ébouriffe sa crinière blanche ; sa respiration gronde et fume par ses naseaux palpitants et ses flancs, qu'étreint la fatigue et que poigne l'angoisse, ses flancs gémissent, et râlent et se lamentent.

Le cheval s'est arrêté, à

demi pâmé, mais le charretier brutal l'a
enveloppé brusquement du cinglement
de son fouet qui mord et qui déchire, et
le vaillant animal s'obstine, cramponné
au lourd charriot, et ride dans l'effort
sa robuste encolure.

La surcharge est trop grande et la pente
trop rapide; le cheval en vain ahane et
s'essouffle dans les brancards.

Et le charretier, sans que nul n'inter-
vienne parmi les passants dont l'égoïsme
se désintéresse de cette lutte inégale, le
charretier frappe, frappe, frappe la
pauvre bête qui couche les oreilles et
secoue la tête comme si elle voulait faire
comprendre — à la *brute* qui est le
maître de cette *intelligence* de par la loi
du plus fort — l'impossibilité d'aller plus
loin.

Et tout à coup, dans une tentative suprême à laquelle l'incite et le contraint
une nouvelle et plus lancinante morsure
de l'impitoyable fouet, le cheval perd

l'équilibre, et râclant bruyamment le
pavé de ses quatre fers, s'abat sur le sol
avec un han! de douleur.

Le cheval remis, péniblement, sur ses
jambes qui tremblent, le charretier, les
yeux humides et la mine inquiète, exa-
mine longuement les genoux de la bête;
et doucement, maternellement, avec des:
ah! mon Dieu! qui apitoient le badaud,
il les essuie avec sa blouse, pour voir si
sous la boue ne se dissimule pas quelque
éraillure.

*Car, plus tard, cela l'empêcherait de
le vendre.*

JEUX D'ENFANTS

Dans la torpeur écrasante d'une somnolente vesprée, auprès de la haute fenêtre ouverte toute grande sur le parc où les platanes feuillus agitent doucement, avec le rhythme mol d'une caresse, le languide éventail de leurs rameaux, deux enfants sont accoudés, l'œil perdu dans une songerie ennuyée qui regarde, sans le voir, le grand soleil rubescent qui se couche là-bas, vrillant de

ses derniers rayons obliques l'épais fouil-
lis des frondaisons enchevêtrées et pou-
drant d'or la chevelure flavescente des
deux bambins.

— Fais-moi des papillons, supplie tout
à coup la petite sœur, désintéressée déjà
de l'illusion des poupées.

Et comme le frère ne répond pas, et,
l'œil fixe, se refuse à s'arracher à sa
vague rêverie, cette rêverie mystérieuse
et troublante des enfants qu'elle trans-
porte en ces lointains pays oubliés, hélas !
de ceux qui ont trop vécu, elle insista,
avec un joli regard bleu qui implorait :

— Je t'attraperai les mouches.

Et de sa main fluette et diaphane où courait, sous la transparence d'une peau fine,
le lacis azuré des veines, elle cueillit au
vol une mouche qui, confiamment, faisait
sa toilette au rebord ensoleillé de la haute
fenêtre.

Par condescendance, et plutôt pour se
débarrasser d'une insistance qu'il pres-

sentait obstinée, le frère, d'un ongle expert,
décapita prestement la tête dans un papier
blanc, plié en deux, que lui présentait sa
sœur. Puis, glissant le tout entre les
pages d'un gros missel très fleuri d'enlu-
minures naïves, il appuya un instant des
deux mains sur la couverture.

Il se fit dans le missel comme un petit
craquement mouillé.

Et quand ils le rouvrirent et décollèrent
les deux feuillets de papier blanc, les deux
enfants poussèrent des cris d'amiration :

La tête de la petite mouche avait éclaté
sous la pression : les éclaboussures grises
de cervelle, les roses giglements de sang
des artères, brusquement rompues, le
pointillé des mille yeux éparpillés de la
mouche, traçait, au centre de la feuille,
une silhouette fantaisiste aux couleurs
harmonieusement fondues, au contour
curieusement échancré, étalé sur les côtés
et bizarement allongé au milieu, dont le
dessin évoquait évidemment, dans ces

imaginations enfantines, l'image d'un pa-
pillon multicolore et fantastique.

Et la petite sœur, enthousiasmée, tapait
des mains et criait, de sa voix mal timbrée
de fillette :

— Encore! encore!

LE MARDI GRAS

Muets et graves, LUI tout petit, tout mince — il a six ans à peine — très fier d'être « en marquis », la jambe arquée, les reins cambrés, la main droite dans l'ouverture du gilet, d'où émergent, très amidonnés, les bouillons du jabot, la main gauche portant, serré contre sa poitrine, avec une sorte de respect, le tricorne à liseré d'or ; ELLE « en laitière », ses petites mains dans les poches de son minuscule tablier blanc : ils s'en vont, le visage enluminé de bonheur, tapotant le trottoir de leurs petits souliers vernis.

Ils trottinent, sous l'œil, humide de joie, du papa, de la mamman et de la grande sœur qui suivent, un sourire béat sur la lèvre, guettant du regard des épanouissements subits chez le passant qui se retourne, ravis quand éclate une exclamation admirative : — « Sont-ils gentils ces gamins-là ! » ou désappointés quand les coudoie un philosophe indifférent que laissent froid ces mascarades ; mais ils gardent, figé au coin de la lèvre, le sourire mi-clos qui va triomphalement s'épanouir cent pas plus loin, remerciment poli à l'adresse des braves gens — pères eux aussi allez ! — qui s'arrêtent pour caresser de la main la joue cramoisie des petits masques.

Entre temps, monsieur donne à madame, pendant que mademoiselle baille à regarder passer des hommes « en femme »

et des femmes « en homme », son opinion
sur la mort du carnaval à Paris.

— A Nice, vois-tu, tout le monde se
masque, le mardi gras est bien forcé
d'exister. — Pourquoi tout le monde se
masque? c'est bien simple : à cause des
confetti.

— Les confetti?

— Les confetti, explique monsieur qui
a voyagé, ce sont des petites boules de
plâtre grosses comme des pois, qu'on se
lance à la figure par poignées. Comme ça
fait horriblement mal, tout le monde se
masque pour s'en garer. Ce n'est pas
plus malin que ça!

— C'est très ingénieux.

Et les bambins trottinent toujours,
perdus dans la foule du boulevard, sortie
« pour voir les masques ». Ils se redres-
sent en vain, derrière cette haie de dos, et
se désolent de passer inaperçus, cependant que les parents peinent à leur frayer
un passage à grands coups de coudes et

d'épaules. Parfois madame pousse un petit cri et mademoiselle s'exclame : — « l'imbécile ! » C'est un pied qu'on écrase dans la bagarre, ou un baiser qui retentit, plaqué à la volée, sur une nuque blanche, pendant qu'un rire clair fuse du masque horriblement peinturluré de *l'imbécile* subitement rentré dans la foule.

On revient dîner chez grand mère, par une rue tranquille où l'on respire un peu. Deux pierrots passent, absurdement gris et trinquant du dos, à tour de rôle, avec le mur. Plus loin un seigneur « Louis XIII », en pourpoint effiloqué, se hâte, son poignet gauche appuyé fièrement sur une longue rapière qui fait un bruit de ferraille contre ses mollets maigres chaussés de bas ocreux.

Chez grand mère, on donne la place d'honneur à *Monsieur le Marquis*, qui finit par prendre au sérieux son titre, à force de se l'entendre répéter. Aussi se refuse-t-il énergiquement à se laisser,

comme *hier*, attacher sa serviette derrière
le cou. Il veut la mettre sur ses genoux
« comme petit père ». Ce qui est cause
qu'au second service il souille de graisse
son beau gilet de soie, et laisse couler
toute une cuillerée de petits pois dans
sa chemise à jabot. Conséquence : une
gifle maternelle.

Bonne mamman se fâche : « Battre un
enfant! un jour comme celui-là! — Ça,
c'est mon affaire, répond la mère, un peu
aigrement.

Bref, on se quitte de très mauvaise
humeur et on va coucher Monsieur le
marquis et la pauvre petite laitière qui
s'est tellement gavée de crême au cho-
colat qu'elle « rend », une fois dans la voiture, sur son beau tablier blanc et sa jolie
petite robe rouge.

L'ART DE ROMPRE

Écoute ceci, Kerbihan, fit soudain Charles, jusqu'à ce moment absorbé par la lecture du *Gil Blas :*

« Celui qui ferait un bon manuel de l'art de rompre rendrait plus de services à l'humanité, aux hommes surtout, que l'inventeur des chemins de fer ».

— A qui appartient cet aphorisme? s'enquit Kerbihan, dont la marotte se réveillait.

— A un certain Maufrigneuse

qui détaille, dans un article, quelques conseils à un ami désireux de rompre avec une maîtresse « finie ».

— Et quels conseils?

— Oh rien : l'empoisonner, faire « le plongeon », se faire prendre en flagrant délit par le mari, se faire prêtre, se brûler la cervelle, etc. Peu nouveau, comme tu le vois.

— Banalités, ricana Kerbihan... Il n'est qu'*un seul moyen* de *rompre,* un *seul,* que j'avais depuis longtemps l'envie de formuler en un manuel concis, sous ce titre l'ART DE ROMPRE, pour faire pendant à mon ART DE SE FAIRE AIMER. Mais j'ai craint que M. Paul Ginisty, un fin critique celui-là, réservât à ce pauvre *Art de rompre,* les décourageantes railleries dont il accueillit l'*Art de se faire aimer,* et j'ai « brisé ma plume ».

— C'est égal, protesta Léon Sylvain, cette raison que tu prétextes pour te taire n'est pas péremptoire, et nous ne croi-

rons à ton moyen que lorsqu'aura paru
l'*Art de rompre*.

— Il ne paraîtra jamais. A quoi bon?
qui le comprendrait? Et combien le pour-
raient mettre en pratique?

Et pourtant, ce moyen existe, affirma
Kerbihan, il est unique, et il serait un
admirable sujet d'étude psychique et ana-
lytique. Comme, cette étude, ma paresse
d'une part et mon nihilisme philoso-
phique de l'autre m'empêcheront de
l'écrire, il me plairait assez de la voir
développer par quelque plume « auto-
risée ». C'est pourquoi je vais vous la
formuler en quelques mots, avec l'espoir
qu'un habile saura en faire son profit.

Et d'abord plaçons nos personnages.

Elle, aime encore; *Lui*, n'aime plus.
Elle ne veut pas le quitter pour cette
seule raison qu'elle l'aime. Il n'est pas
besoin d'en chercher d'autre. Et dans un
moment d'expansion, un jour qu'*il* a
tâté le terrain, et lui a demandé, entre

deux baisers, ce qu'elle ferait s'il la quit-
tait, elle a répondu, d'une voix un peu
voilée, qu'elle se tuerait. Et il a vu, à cette
demande, se foncer le bleu de sa rétine.

Comme, d'autre part, il la sait femme
prête à tout, il comprend que ce n'est
point une pose, et qu'elle le ferait.
Admettons, si vous le voulez, qu'il
redoute, soit à cause du scandale, soit
à cause du ridicule qui rejaillirait sur
lui, cette mort là, que va-t-il faire?

Quel est ici l'obstacle à la rupture?
L'amour qu'*Elle* a pour *Lui*. Donc c'est
cet amour qu'il faut tuer.

Et d'abord comment s'est il fait aimer?

Il lui a joué, un mois, la comédie de
l'amour, exquisement, en virtuose raffiné. Il l'a magnétisée avec son clair et
pénétrant regard où brûlait la flamme
factice que *sa seule volonté* allumait,
mais à laquelle *Elle* croyait. Il l'a éblouie
du feu d'artifice de son esprit disséminé
en paradoxes étincelants et multicolores.

Il s'est édifié un piédestal sur lequel il est grimpé, faux bonhomme que ses *illusions* à *Elle, créées par son* ART à *Lui,* vêtirent splendidement.

Il ne s'est jamais laissé voir qu'au travers d'un prisme pailleté d'étincelles que sa main de mystificateur a placé devant ses yeux. Il a fait miroiter devant elle, éternellement, le strass qu'elle a pris pour du diamant. Il a su si bien jouer son rôle d'idole qu'à l'heure actuelle elle le voit encore sur son trône, dans toute la fulgurance de sa gloire, dans toute sa puissance de dieu.

Eh bien, pour rompre, le DIEU *redescend* homme *tout simplement.*

Il va arracher un à un tous les rayons étincelants dont il lui avait plu, jusqu'à présent, d'auréoler son front ; il va souffler une à une toutes les *illusions* de la pauvre Abusée. Il va enlever son *masque* enfin.

Toute sa tactique — maintenant qu'il

veut la rupture —, va consister *à faire le contraire* de ce qu'il a tenté pour se faire aimer. Il va jouer *à qui perd gagne.* Il va tuer l'amour *effet,* en détruisant, l'une après l'autre, les causes.

Vous connaissez tous la théorie de la *cristallisation* de Stendhall. Or, dans le cas présent, la cristallisation ne s'est pas opérée spontanément, instinctivement : c'est *Lui* qui l'a dirigée. Il en est le seul auteur responsable. Et bien, maintenant, il va casser l'un après l'autre tous les petits cristaux qui se sont lentement accumulés.

Il s'était composé un visage, confectionné un rôle, affublé d'un travestissement. Il va contracter en sens contraire ses muscles et le sourire va devenir grimace. Il va crier par toutes ses paroles, par tous ses actes, par tous ses silences même : « ce que je te débitais hier était une leçon apprise par cœur ; c'était faux, ma chère, je suis un imposteur d'amour ».

Il va jeter aux orties ce froc de carnaval, quitter son étincelant pourpoint
d'azur soutaché d'or, décrocher sa rapière et montrer sous ces attifements de
location la sordidité du vrai vêtement :
celui qui est bien *à lui*. Il va employer
tous ses soins à mettre en relief ce qu'il
tenait auparavant soigneusement caché :
imperfections physiques comme dépres-
sions morales. En un mot, il va, morceau
par morceau, *démolir* le bonhomme qu'il
avais mis tout son art à *édifier*.

C'est le commencement.

Beaucoup de femmes seront satisfaites
à moins, et romperont d'elles-mêmes un
beau matin qu'elles se seront éveillées,
avec, aux lèvres, monté du cœur dans un
sanglot, ce cri désabusé : — c'était donc
un homme comme les autres! Mon Dieu!
comment ai-je pu me *tromper* à ce
point?

Sans songer que c'est lui qui — le vou-
lant — l'a « trompée à ce point », et qui

— parce qu'il le veut encore — la dé-
trompe à l'heure marquée par *sa* volonté.

Vous entr'apercevez suffisamment le
système, pour prévoir qu'avec certaines
femmes plus tenaces, il faudra aller jusqu'aux reproches ouvertement injustes,
susciteurs de larmes torrentielles. Dans
ce cas, d'inattendus départs feront bien,
accompagnés de flèches du Parthe d'une
cruauté froide, frisant la grossièreté, dans
ce goût :

— Allons bon ! voilà la pluie. Je reviendrai quand tu seras sèche.

Un mois de ce régime suffit pour démolir l'amour le plus solide. Mais, en général, il n'est pas nécessaire d'aller jusque
là. La *désillusion* graduelle, bien menée
et complète, suffira. D'elle même, la
femme émiettée, désorganisée, anéantie,
demandera une séparation à l'amiable.
Et vous aurez atteint votre but : la
rupture définitive, irrévocable, obtenue

artistement et sans la moindre se-
cousse.

Je défie aucune femme, si éprise soit-
elle, de résister à ce moyen.

PHILOSOPHIE INODORE

Tout proche de la station d'omnibus où les calmes gris pommelés s'ennuient, le regard au pavé et le col pendant d'où dégringolent, balayant presque le sol, les longs crins qui s'échevèlent; non loin de la vieille église où piaulent, sous le porche ogival, les mendiants accroupis, le minuscule chalet en sapin passé à l'ocre, l'innomable chalet utilitaire ouvre son huis hospitalier,

son huis où s'accote, dans l'attente des
clients, madame la Préposée.

Comme sa clientèle, presque toute, est
composée de « messieurs prêtres » qui
viennent dire leur messe le matin, ou, le
soir, confesser les béates dévotes, elle a
pris un air mystiquement clérical qui sied
à son visage ridé comme une vieille
pomme et sabré par la bouche sans
dents d'une large coupure noire qui a
la forme d'une accolade. Elle a les
mains bistrées, crasse amassée autant
que hâle des ans, des vieilles gardes-
malades.

Le chalet minuscule en sapin verni,
l'innomable chalet utilitaire, grand tout
au plus comme une armoire normande,
se divisionne en six placards étriqués où,
silencieusement, avec des airs discrets,
s'engouffrent les messieurs prêtres qui
viennent dire leur messe le matin, ou, le
soir confesser les béates dévotes.

Cinq portes, seulement, s'ouvrent de

temps à autre, car madame la Préposée
s'est réservé le sixième placard.

C'est là qu'elle fricote, entre deux ba-
vettes, sur le siège que dissimule une
planchette mobile.

Deux fois par jour, comme elle ne peut
quitter la maisonnette dont elle est la
gardienne, elle fait sa cuisine, dans son
placard, qui fleure l'oignon frit : honnête
arôme qui évoque l'idée des arrière-bou-
tiques enfumées et assombries où se pré-
parent les repas des petits épiciers. Stoï-
que et philosophe, elle ouvre des portes,
entre deux bouchées, invite un client à
pénétrer dans ces lares éphémères, rince
une porcelaine d'une main hâtive et habi-
tuée, et retourne à son trou surveiller les
oignons qui frient, sur son petit fourneau, à côté d'un « monsieur prêtre »
diarrhéique et cataractant.

Tout proche de la station d'omnibus
où s'ennuient les calmes gris pommelés,
l'innomable chalet utilitaire, le minuscule

chalet en sapin passé à l'ocre ouvre
son huis hospitalier, où s'accote, dans
l'attente des clients, madame la Préposée.

LES ÉCRITEAUX

Avez-vous remarqué combien Monsieur Public a le respect et la terreur des écriteaux dont, impertinemment, l'ordre ou la défense se met tout à coup en travers de son désir ou de sa fantaisie?

Un grand in-octavo suffirait à peine à narrer la muette loquacité des écriteaux qui gouaillent, appendus au mur, et se gaudissent, narquoisement, de la mine déconfite de Monsieur Public, qu'ils bernent comme à plaisir.

BIBLIOTHÈQUE NATIONALE R.F. IMPRIMÉS

Et c'est un poème en douze mille alexan-
drins qu'il faudrait pour chanter les dé-
convenues résignées de Monsieur Public
qui souscrit, sans songer même à discu-
ter, aux puériles exigences des adminis-
trations tracassières.

On ne fume pas ici, tonitrue telle pancarte au fond d'un bureau de tramway
où la crasse subodorante des casquettes
d'employés, l'oxide de carbone du poêle,
et les émanations fétides des haleines, se
fondent en une puanteur unique mais vio-
lente.

Et Monsieur Public qui vient d'entrer
en mâchonnant, d'un air satisfait, un
londrès qui fleure bon, Monsieur Public, quoique à demi étourdi par cet unis-
son d'odeurs hurlantes, jette précipitam-
ment son cigare.

Comme si, à travers la placidité de la
pancarte, dont l'encre qui s'efface commence à ne plus guères trancher sur le
vélin pisseux, il lui avait semblé voir flam-

boyer les gros yeux d'un alguazil et se
hérisser sa moustache en croc....

Parfois les écriteaux rentrent leurs
griffes. Ils prennent des tons patelins, des
mines adoucies, des attitudes caressantes :
On est prié de ne pas fumer ici. Et, moins
hâtif devant la politesse de cette invita-
tion, tenté presque de lui ôter son chapeau,
Monsieur Public tire encore, posément,
de son fin londrès qui fleure bon, quelques dernières bouffées qui l'entourent
d'une atmosphère possible et lui donnent
le temps d'habituer ses poumons à la
puanteur ambiante que combinèrent, en
se fondant, la crasse subodorante des casquettes d'employés, l'oxide de carbone du
poêle, et les fétides émanations des haleines.

Mais qu'ils soient polis ou impertinents,
Monsieur Public a le respect et la terreur
des écriteaux dont la défense ou l'invita-
tion se met brusquement en travers de
son désir ou de sa fantaisie.

LE DIMANCHE

e jour bête par excel-
lence.

Aussi est-ce celui
qu'ont choisi les gens
corrects pour s'amuser.
Ils ont même créé, pour
leur usage personnel,
ce vocable expressif :
s'endimancher.

Et ils s'en vont, le long des
boulevards, trop étroits pour leur
foule, bras dessus, bras dessous,
époux en longue redingote noire
et femme en robe de soie paille-
tée par le soleil de printemps,
ou terne sous le ciel grisd'hiver.

Dès le matin, monsieur a fait sa barbe qu'il a fait étrenner à madame dans un regain de galanterie. Madame a sorti des tiroirs le jupon blanc lourdement empesé qu'on ne met que le dimanche, et le cha-peau capote qui s'ennuie toute la semaine au fond de l'armoire, sur son perchoir en bois.

— Si nous déjeunions au restaurant, insinue madame?

— Tiens! c'est une idée.

Et ils vont s'empoisonner pour trente sous chacun, — il faut faire des écono-mies — dans quelque guinguette borgne, aveugle même, des environs. Au dessert, la traditionnelle question se pose :

— Qu'est-ce que nous faisons aujour-d'hui?

En été, les Buttes-Chaumont, les Plantes, le Jardin d'acclimatation, ten-tent leurs convoitises. Mais, l'hiver, quand il fait sec et que le froid pince, incendiant de rubis le nez de monsieur et

carminant, sous sa voilette, le teint d'or-
dinaire un peu pâle de madame...?

— Si nous allions au musée de Cluny?

Car le Louvre et le Luxembourg ne leur
disent rien — ou trop — Madame prétend
que c'est indécent ces grandes et cyniques
statues qui montrent...ce qu'elle, madame
Dupré, n'ose découvrir, même à son mari.

Il est vrai qu'elle en montrerait si peu!

Cluny les tente, avec ses vieilles fer-
railles auxquelles le couple ne comprend
rien, mais ça permet à monsieur Dupré
de faire, par ci par là, un petit cours d'his-
toire — fantaisiste — à son épouse. Puis,
n'y a-t-il pas la fameuse ceinture de chas-
teté, qu'on va voir, sans l'avouer, et qu'on
inspecte curieusement du coin de l'œil,
à la dérobée, tout en faisant mine de s'ex-
tasier sur les énormes armures de nos
ancêtres.

— Quels gaillards, hein! bonne amie,
que ceux qui pouvaient se tailler un com-
plet dans cet Elbœuf-là.

Aux *Arts et Métiers*, deux grandes attractions.

On va voir, réfléchis sur une glace, passer les gens dans la rue, sans se douter que dans un quart d'heure, ceux qui passent seront là, à cette même place, à regarder passer ceux qui sont ici, maintenant, à les regarder.

Puis, en bas, dans la grande salle elliptique, il est de tradition « *très drôle* » d'échanger tout bas, aux deux bouts de l'ellipse, d'énormes plaisanteries qu'on entend malgré la distance.

« Curieux phénomène d'*optique*, » observe monsieur.

Enfin, quatre heures sonnent. Les Arts et Métiers ferment et les larbins poussent devant eux le troupeau humain qui reviendra dans huit jours se payer, devant les mêmes choses, les même ahurissements dominicaux.

Je t'offre le *vermouth*, dit monsieur gracieusement à madame, et ils vont

s'installer, pour voir « passer le monde »,
à la terrasse d'un petit café, d'où les
chasse la nécessité de rentrer dîner.

Comme ils sont éreintés, ils prennent
l'omnibus. Mais comme tout le monde
est dans le même cas, ils piétinent pendant deux heures, un petite carton numé-
roté à la main, devant la porte du bureau
bondé de gens qui attendent. Madame
s'enveloppe en vain dans sa rotonde dou-
blée de poil de lapin; en vain monsieur
souffle dans ses doigts et bat la semelle
avec le trottoir, la bise mord, impitoyable,
et ils rentrent, transis, chez eux. Le feu
n'est pas allumé dans la salle à manger;
le dîner n'est pas prêt; la bonne est partie de son côté *voir une cousine qui de-*
meure à Passy.

— As-tu faim? dit madame.

— Ma foi non, fait monsieur, j'ai sommeil plutôt. Si nous nous couchions?

Et ils s'endorment, harassés, mais con-
tents. Ils se sont amusés.

LE BON DIEU

Un matin, Dieu qui depuis des milliards et des milliards d'années somnolait dans une damnable oisiveté, Dieu s'éveilla avec cette interrogation bien naturelle sur les lèvres : — Où suis-je?

« Mais je ne suis nulle part, puisque rien n'existe que MOI.

« J'existe sans être quelque part; j'existe dans *rien*; je ne suis *nulle part* et pourtant JE SUIS?

« Bizarre !

« Mais, si c'est une situation drôle d'un côté, c'est intolérable de l'autre. Et même, plus d'un sinistre farceur ne manquera pas d'abuser de ma position pour déclarer *urbi* et *orbi* (il n'y a encore ni *urbi* ni *orbi*, mais ça ne fait rien) que je n'ai pas de domicile, que je suis en état de vagabondage. Peut-être iront-ils jusqu'à prétendre que je ne peux pas exister dans ces conditions-là.

« Décidément, il faut que j'aie un chez moi, un « home », comme disent les anglais. — Mais pas d'anachronisme ! »

Donc *IL* créa le Monde. — De rien naturellement, puisque *rien* n'existait. *IL* dit seulement : « Que le Monde soit et le Monde fut.

Chose cocasse, cela ne lui avait coûté aucune fatigue puisqu'il n'avait eu qu'un souhait à faire. Pourtant ce souhait mit sept jours — sept périodes si vous voulez, il faut contenter tout le monde — à s'exé-

cuter, pendant lesquels *Dieu* assis sur
un nuage s'estomirait béatement de son
ouvrage — de quoi se trouvant étonnam-
ment courbaturé, *IL* se *reposa* le sep-
tième.

Donc, voilà le monde créé avec son
infinie multitude d'astres roulant dans
l'immensité; mais tout cela : étoiles et
nébuleuses, planètes et lunes, ne fut fait,
nous apprit le *gracieux* Fénelon, que
pour servir de Jabloskoff, *pendant la
nuit,* à la terre — ce grain de sable perdu
dans un coin de l'éther; car, *pour le jour,*
Dieu lui avait installé un luminaire spé-
cial qu'il appela : soleil.

Un matin qu'*IL* parcourait, pour juger
de l'excellente distribution des pièces,
son immense domicile, le *Créateur*
arriva par hasard sur le grain de sable
susnommé, qu'il trouva fort désert; et
pour le peupler, en même temps que
pour se faire un pantin dont il put se dis-
traire, il créa l'Homme.

Comme il se sentait en veine de géné-
rosité, il lui donna un magnifique verger
qu'il planta de toutes sortes d'arbres frui-
tiers, mais comme il se sentait non moins
en veine de fumisterie, il campa, au beau
milieu, un superbe pommier en disant à
l'Homme :

— « Tu sais, je te défends de manger
des fruits de cet arbre là, tu saurais tout,
le bien et le mal, aussi bien que moi, et
ça m'embêterait.

L'Homme, encore naïf (il était si *nouveau*) ne pensa pas à lui faire remarquer
qu'il serait bien plus simple de ne pas
joindre cet arbre là aux autres dont le
nombre était suffisant déjà.

Il est vrai de dire, à la décharge de
l'Homme, que *Dieu* savait ce qui arri-
verait, puisque l'avenir n'avait pas de
secrets pour lui.

Là preuve en est que, pour l'aider à
désobéir, *Dieu* lui donna une compagne,
la Femme.

Ceci fait, *Dieu* se tint le petit raisonnement suivant :

« Donc, voici l'homme créé ; je lui ordonne de ne pas manger une pomme du fameux pommier, mais je sais fort bien qu'il va en manger, justement parce que je le lui défends. Naturellement, je le punirai de sa désobéissance, et pour cela, je le chasserai avec sa femme du jardin que je lui ai donné ; — qui plus est, je punirai tous ses descendants — qui ne seront pas coupables, de la faute des premiers hommes, je les punirai *parce que* je suis JUSTE.

« D'un autre côté, comme je suis BON, je les sauverai. Je leur enverrai mon fils — qui naîtra d'une Vierge par... l'opération du Saint-Esprit — et qui mourra sur la croix pour les racheter d'un *péché* qu'ils n'auront pas commis : ce *juste* mourant pour des *coupables* qui ne les SONT PAS, voilà, ce me semble, une RÉPARATION suffisante.

Le Serpent qui déambulait par là, lui susurra :

— « Mais ce serait beaucoup plus simple de ne pas contraindre l'Homme à désobéir, pour vous éviter l'ennui de le punir dans ses descendants qui ne comprendront jamais comment ils y sont pour quelque chose.

Dieu lui répondit :

— La logique n'est pas encore inventée ; tu es en avance sur les siècles à venir, mon garçon, et les hommes seront bien longtemps à voir que je me suis gaussé d'eux.

MA CANNE

antasque ! mais n'anticipons pas.

Le jour où je l'achetai, le ruban de ciel déroulé au-dessus du boul'mich était d'un cobalt immaculé : on eut dit la ceinture de faille dénouée d'une première communiante. Le soleil qui dardait de là haut, à pic, cuisait le crâne des promeneurs qui s'apoplectisaient sous leur haut de forme, pendant que leurs talons de bottines s'envasaient presque dans un bitume ramolli qui ondulait sous la semelle.

Ce soleil là chauffait avec autant de conscience que s'il eut été payé par les vendeurs de bière du quartier latin. La soif ardait dans tous les pharynx, à ce point desséchés par cette plus qu'équatoriale température, que le silence se faisait peu à peu dans les groupes. Mornes, allanguis, les yeux clignotants et à demi fermés à cause de la reverbération du trottoir, les boulevardiers s'égrenaient par bandes aux terrasses des cafés, et sifflaient silencieusement, en s'épongeant le front, la bière chaude qui ne les désaltérait pas.

Le vieux père Salomon — mort depuis, hélas! tout s'en va — montait le boulevard, son éternel paquet de cannes sous le bras. A la hauteur de la Source, il s'arrêta, son petit œil gris fureteur dévisageant les buveurs les uns après les autres.

— Pas seulement un, grommela-t-il, pour payer un bock.

Et comme je le croisais :

— Une jolie canne, quatre francs, c'est pour rien, une occasion... et un bock par dessus le marché.

— Vingt sous.

— Tiens, prends là.

Je restai stupéfait de la facilité avec laquelle il me la laissait, contre son habitude, au prix proposé. Même je crus remarquer qu'il m'avait comme une certaine reconnaissance de l'en débarrasser.

Pendant le débat, le ciel s'était brusquement obscurci, le ruban bleu était passé au noir, de gros nuages gris couraient, au-dessus des cheminées, fouettés par un vent subit ; puis, brusquement, un orage éclata. Cette canne qui attirait la pluie me donna à penser, je songeais vaguement et comme malgré moi aux baguettes de coudrier dont se servent les sorciers pour trouver les sources souterraines.

Celle-là pourtant était d'un bois hon-

nête, c'était le plus vulgaire de joncs,
rouge acajou, lisse, sans pomme. Rien
ne révélait, à première vue, la profónde
perversité dont je fus, par la suite, la
pitoyable victime.

Les hostilités commencèrent dès le
lendemain. Au moment de sortir, im-
possible de mettre la main dessus. J'étais
certain, pourtant, de l'avoir déposée en
rentrant, toute seule, au coin de la cheminée, à côté *du* fauteuil. Au bout
d'une heure de recherches vaines, ra-
geuses, obstinées, je la découvris, dégrin-
golée le long de la plinthe, presque invisible dans l'angle du parquet.

Ce fut dès lors, entre nous deux, une
lutte étrange où j'avais invariablement le
dessous. Le jour où l'aiguille du baro-
mètre stationnait immuablement au
« très sec » je passais des heures à sa
poursuite. Bien inutilement, la veille, je
la mettais en évidence, sur une chaise, à
côté de mon chapeau, tout proche de la

porte. Je la retrouvais dans des retraites
impossibles, sous les tapis où elle s'insi-
nuait par je ne sais quel artifice, derrière
les meubles d'où je la retirais vêtue de la
poussière pelucheuse qui sommeillait là
depuis des années.

J'ai essayé de la braver. J'ai voulu,
alors qu'il pleuvait à plein ciel et que
fallacieusement, elle s'était offerte à ma
main, j'ai voulu rester sous la pluie pour
l'obliger à mouiller avec moi. Alors, autre canaillerie, elle ne manquait pas une
bouche d'égout, pas un interstice de
pavé, pas une conduite de gouttière; et,
introduisant sournoisement son bout
ferré dans la fente, dans l'interstice,
dans la conduite, elle se laissait plier
une seconde, se courbait élastiquement,
et, brusquement détendue comme un
ressort, elle bondissait en arrière dans le
visage d'un passant qui, furieux, s'épan-
chait en imprécations malsonnantes, ou
bien elle s'en allait s'allonger dans le

ruisseau gluant de boue et d'immondices, où elle disparaissait tout entière.

Décidé à sévir, je réunis un jour dans un coin mes pincettes, mon parapluie et ma canne, et solidement les liai ensemble, certain qu'à elle seule, la perverse ne pourrait entraîner les autres au fond des repaires mystérieux où elle avait coutume de se dissimuler.

Huit jours d'arrêts forcés auraient peut-être raison de la cascadeuse.

Eh bien, ma canne n'a pas bougé, c'est vrai; chaque soir, en rentrant, je la retrouvais à la chaîne, parbleu! c'est encore vrai; mais, à son contact, mon très honnête parapluie s'est gangréné. Son godet ne s'ouvre plus; sur les baleines soudainement rouillées par une humidité sans cause apparente la soie se déchira avec un claquement la première fois que je voulus l'ouvrir. Quant à mes pincettes, c'est bien vainement que tous les soirs je les installe d'aplomb, dans le coin de la cheminée : toutes les nuits, régulièrement, elle dégringolent avec un bruit épouvantable qui me réveille en sursaut ou peuple mon sommeil de cauchemars affolants pleins de grimaçants fantômes traîneurs de chaînes....

Aujourd'hui, je me déclare vaincu par *Elle* : j'en ai PEUR !

CEUX QUI DANSENT

Dchevelés ou corrects; Bullier ou les salons du grand monde; l'habit noir et le gilet à cœur ou le débraillé bon garçon. Le décolletage par en haut, sous les bougies, ou le troussement de jupes sous le gaz qui miroite dans les bas à jours et les jarretières multicolores. Morgue par ci, gaîté par là. Collet monté de poitrines à l'air, musquées, fardées et poudrederizées, ou corsages fermés et mollets découverts.

Deux grandes catégories par consé-
quent.

Là, des messieurs « déguisés en gens
qui s'embêtent » suivant la spirituelle
expression de l'inoubliable Gavarni ; des
danses ankylosées, sur un rythme lent ;
des pas guindés en long et en large ; des
mains qui se touchent à peine, des tailles
qu'on n'ose prendre, de crainte de casser
en deux sa danseuse qui déborde par le
haut et le bas de son corset. Ici, des cava-
liers seuls fantastiques, des entrechats
audacieux, des chassés-croisés stupé-
fiants, des enlacements de bras et des
entrecroisements de cuisses, pendant les
valses vertigineuses, des jambes au port
d'arme montrant leurs mollets rebondis
dans le pêle-mêle des quadrilles tour-
billonneurs.

Là, des mines glaciales, renfrognées,
des sourires contraints, stéréotypés,
identiques, et des minauderies longuement étudiées à l'avance dans le miroir.

Ici, des éclats de voix tonitruants, des appels qui assourdissent, des hurlements qui s'entrechoquent, des apostrophes volants dont les bouches sont les raquettes et qu'elles se renvoient d'un bout à l'autre de la salle, avec des cascades de rires qui roulent et se répercutent dans les coins.

Et ces gens-là s'amusent chacun à leur façon.

A côté de ceux-là il y en a d'autres, ce sont :

CEUX QUI REGARDENT DANSER

n groupe de philosophes. Peu nombreux et bien différents, suivant les milieux où l'on danse : salons high-life ou Bullier, — je prends toujours les deux extrêmes.

Voici d'abord les vieilles douairières aux blancs tirebouchons, les vieilles douairières qui font tapisserie et se chuchottent à l'oreille, entre deux compliments sur la grâce de leurs filles respectives, des histoires de

leur passé. — Vous souvenez-vous, ba-
ronne?... — Ah! marquise, comme
tout cela commence à être loin de
nous! Et, mélancoliques, elles effeuil-
lent la rose-thé des souvenirs lointains, et se regardent revivre dans leurs
petites filles, ces mièvres pucelles aux
coudes pointus, qui étouffent dans leur
cuirasse de baleine, et esquissent, d'un
air ennuyé, un pas correct, [dont la
décence leur est imposée moins encore
par l'usage que par leur robe qui leur
bride les jambes et leur corset outrageu-
sement sanglé, qui fait remonter à leur
visage blême le peu de sang chlorotique
qu'elles ont encore au cœur.

A Bullier c'est autre chose. Une haie
s'est formée autour du quadrille où la
grosse blanche s'aplatit tout à coup sur
le parquet dans un grand écart du der-
nier chic.

Voici le jeune *potache* sorti en fraude
du *bahut,* voici le lycéen imberbe qui

s'est mis en civil pour se donner l'air
d'un homme. Ils ont joué des coudes afin
de se placer au premier rang des curieux,
et regardent, l'œil agrandi, mouillé et qui
s'allume sous le lorgnon cavalièrement
campé sur le nez, hypnotisés par les
jambes des femmes exhibées sans ver-
gogne, grisés par le vent des jupes qui
leur fouette le visage et fait courir dans
leur dos des frissons de lubricité. Et puis,
plus loin, voici encore le vieil étudiant
gouailleur qui fume sa pipe, adossé à une
colonne. Il est blasé sur tout cet étalage
de jupons blancs et de bas plus ou moins
rayés — il en a tant vu — et s'il vient à
Bullier c'est en observateur, pour *regarder ceux qui regardent* et s'amuser à
surprendre par ci par là, dans les yeux
des *jeunes*, la lueur fugitive, l'éclair du
désir qu'il se rappelle l'avoir fait frissonner, lui aussi, voilà quelque dix ans,
alors qu'il était étudiant de première
année.

CONSEILS

otte! Voilà bien, dit-il, l'épithète qui s'adapte le mieux à la femme.

A force d'entendre raconter des fadaises par des imbéciles qui les leurrent, dans le but que vous savez, persuadés qu'on ne prend pas ces mouches là avec du vinaigre, les femmes ont fini par ajouter foi aux compliments trop intéressés pour être vrais, dont on les encense : à savoir : 1° Qu'elles sont le beau sexe : 2° qu'elles ont la finesse qui manque à l'homme ; 3° que l'homme a, envers elles, un tas de devoirs à remplir, synthétisés sous ce vocable : *la galanterie.*

Tout ceci est absurde. Quatre-vingt-dix-neuf fois sur cent, elles sont laides et manquent de flair. L'homme intelligent et qui a su vivre, *roulera*, sans qu'elle s'en doute, la plus rouée des femmes, *s'il n'en a pas besoin.* Et, quant à la galanterie, c'est tout bonnement une tactique de guerre.

Vous voulez une femme, vous en faites le siège.

La galanterie est le commencement des hostilités.

Et la pauvre sotte prend cela pour un *devoir* qu'on lui *rend.*

Voyons, à bien réfléchir, quelle est ici la dupe et quel est le dupeur.

La femme jouera donc éternellement, dans la vie, le rôle du corbeau de la fable? Ne s'apercevra-t-elle donc jamais, cette *perspicace*, que ce n'est qu'en vue du *fromage* que le renard lui vante son *plumage*.

Or moi qui n'aime point le fromage, je ne me sens aucune disposition à jouer le rôle du renard.

Une autre raison qui m'exaspère contre la femme, c'est la conclusion qu'elle tire de sa prétendue supériorité : le dédain qu'elle a de l'homme et le peu de cas qu'elle en fait en général. (Car, dans le particulier, une fois qu'un *fort* s'est imposé, la dédaigneuse devient souple : elle est asservie.)

Voyez par exemple comme elle accapare le trottoir alors qu'elle s'y promène. Ne dirait-on pas qu'il est tout à elle. Quand elle est seule, elle file, l'air affairé, le regard accroché à la pointe de ses bottines, par peur du propos leste qui la cingle parfois au passage, effarouchant sa pudeur de convention. Mais quand elles sont deux ou trois, elles deviennent hardies, se carrent complaisamment, obs-

truent la circulation, coudoient et bouscu-
lent, avec des airs de reines outragées, le
pitoyable passant qui ne s'est pas rangé
assez vite.

Aussi, ma grande distraction, c'est de
m'en aller, dans les rues populeuses,
opposer ma vaste carrure à leurs épau-
lements, qui ratent contre moi. Je ne me
dérange jamais, et comme elles s'attendent — toujours la *routine* — à ce que je
leur abandonne le trottoir, ce sont des
renfoncements tout à leur désavantage
puisqu'ils sont voulus chez moi et inattendus chez elles, et des heurts qui
bleuissent *la neige de leurs seins*, sous
le satin de leurs robes. Il faut voir les regards qu'on me décoche, à bout portant,
et les « Sauvage! » dont on me mitraille.

Mais je passe, impitoyable et impassible, sans descendre du trottoir ; je
deviens élastique aux chocs ; je fais le
ressort à boudin ; je suis le bousculeur ;
je fais ma trouée, accueillant d'un coup

de chapeau narquois les : « En voilà un, par exemple ; *on voit bien ce que c'est* » qui fusent des lèvres plissées, dans un sourire adorablement méprisant.

L'endroit où j'opère le plus fréquemment, c'est dans les grands magasins tels que le Bon Marché et le Louvre. Là, la femme est si bien chez elle et elle se croit si fort le droit d'y régner seule qu'elle ne voit plus l'homme, et qu'elle lui marche dessus, avec autant de désinvolture que s'il était un simple chiffon. Alors je crie bien haut — elles ont toutes horreur d'être remarquées : — « Eh ! faites donc attention, Madame, vous m'écrasez les orteils ! — Je hurle : « Pardon, mais est-ce qu'il y aurait moyen de passer » — ou bien : « Eh ! mais, dites donc, ne vous gênez pas, ventre par ici, pouf par là, est-ce que c'est par dessous qu'on passe !

Et je vous assure qu'elles se rangent.

C'est surtout dans les escaliers, à la

rencontre, que cela devient comique. Elle
descend, moi je monte, nous voilà nez à
nez, à deux centimètres l'un de l'autre,
buccalement parlant.

C'est seulement au moment de l'abor-
dage, quand, du choc, elle fait hou!
qu'elle me voit, dressé soudain devant
elle comme un mur qu'il faut absolument
tourner. Le choc est tel qu'elle ne trouve
rien à dire et se contente, à demi *estoma-
quée*, de me toiser du haut de sa marche.
— Mais c'est elle qui pivote.

Dehors, les jours de pluie, je me promène avec ma canne — ça m'est égal
d'être mouillé — Naturellement le trottoir est plein de petites femmes qui, deux
par deux, trottent, haut troussées. et
barrent complètement le passage, avec
leurs deux parapluies. Si vous êtes ga-
lant vous n'avez que ces deux alterna-
tives : descendre dans le ruisseau, c'est-
à-dire souiller vos bottines et éclabousser
votre pantalon, ou vous aplatir le long

du mur, c'est-à-dire vous emplâtrer le dos et, par contre, avoir la face râclée par les baleines des parapluies ; car elles ne vous feront pas la moindre petite place.

Moi qui m'honore d'être incivil, je m'insinue tranquillement au milieu d'elles, en écartant, du bout de ma canne, un des deux parapluies, tout juste assez pour que ma tête passe sans encombre. Tant pis si la plume du chapeau se défrise et si la pluie en macule le velours loutre ou gros vert.

Et voilà, entre mille autres, quelques moyens que je vous recommande, pour vous amuser en embêtant les femmes.

DERNIERS MOLLETS

es jambes s'en vont, constata l'Amateur de mollets avec accablement, et la meilleure preuve, c'est que les femmes ne se retroussent plus. Tenez, mon cher ami, il va pleuvoir, l'occasion est particulièrement propice, voulez-vous me suivre. »

Et il me conduisit place Saint-Michel.

C'est bien véritablement l'un des coins les plus pittoresques et des plus idoines à la rêverie

béatement contemplative que la terrasse où nous nous assîmes, dédai-
gnée de la chahuteuse « jeunesse des Eco-
les » qui ne monôme pas — heureuse-
ment! — jusque là. Fatigué du miroite-
ment incessant des tramways et des
omnibus multicolores qui se croisent sur
la place Saint-Michel, le regard, en obli-
quant légèrement à droite, peut se repo-
ser sur la double ligne de platanes dont
la feuillaison, d'un vert tendre, empa-
nache les parapets jusqu'au Louvre qui
sert de fond de tableau.

Ce pourquoi mon subtil et délicat ami,
l'Amateur de mollets, m'amenait là, c'est
surtout parce que, du pont Saint-Michel,
battu à cette heure par une giboulée subite, on pouvait abreuver ce fol espoir de
voir déboucher à chaque seconde, la jupe
d'une main et le parapluie de l'autre,
les pimpantes parisiennes, artistement
chaussées, que ce grain venait de surprendre dehors. Et parce que, au détour

du pont, il leur faudrait, pour gagner le
trottoir où nous étions à l'affût, traver-
ser le bout de chaussée du quai Saint-
Michel, dont la boue incessamment pé-
trie par les larges roues de la Villette-
Saint-Sulpice, les forcerait à trousser
assez carrément leur paquet de jupons
blancs pour se garer des éclaboussures.
Car la Parisienne, en ménagère sage-
ment économe, préfère crotter ses bas
que son jupon, ce qui est bien heureux
pour les derniers amateurs des derniers
mollets.

Oh! oui! derniers mollets. Car, comme
l'avait si justement déploré mon ami —
qui ou quoi doit-on accuser de ce navrant
état de choses? — les mollets s'en vont.

Quoi vont désormais pâturer nos yeux,
à nous pauvres! qui ne trouvions que la
jambe d'adorable dans la femme! nous
dont le regard s'émerveillait à voir, le
long des boulevards, papilloter la gamme
de couleurs des bas de ces dames, au

temps déjà lointain où la poussière leur était, comme la pluie, un prétexte à étaler ces richesses aux yeux des hommes affriandés.

Las! Voici que le long des tibias, et le long des péronnets s'émacient les jumeaux et s'étiolent les soléaires ; voici que dans les bottines haut entalonnées s'emmanchent des jambes étiques autour desquelles se tire-bouchonnent des bas désolants que ne soutient pas même le plus modeste soupçon de mollet. Et les pantalons s'allongent pour voiler ces misères, et les jupons, jadis si effrontément froufroutants, pendent aujourd'hui, piteux et lamentables, comme s'ils avaient honte de laisser voir les pauvretés qu'ils cachent.

Las! las! l'Amateur de mollets a raison : les mollets s'en vont !

TABLE

Imprimé

SUR LES PRESSES DE « LUTÈCE »

PAR

LÉON ÉPINETTE, IMPRIMEUR

16, boulevard St-Germain

PARIS

DU MÊME AUTEUR

Chez GIRAUD, Éditeur, 48, rue Drouot

LES GENS QUI S'AMUSENT

SOUS PRESSE

LES FROMAGES

LES SYNDICATS

Une jolie plaquette de magasin imprimée en *fac-simile*
papier, tirée d'arches à tirage 1500 exemplaires numérotés
avec une préface d'ÉMILE ZOLA

EN PRÉPARATION

LA JUPE, roman réaliste
FEND-L'AIR, roman de mœurs parisiennes

www.ingramcontent.com/pod-product-compliance
Lightning Source LLC
Chambersburg PA
CBHW051549280626
47162CB00021B/1643